KB024270

오후 네 시의 그라나다

김해경 시집

오후 네 시의 그라나다

달아실기획시집
22

달아실

일러두기

1. 본문에서 하단의)는 '단락 공백 기호'로 다음 쪽에서 한 연이 새로 시작한다는 표시임.

2. 보조 용언과 합성 명사의 띄어쓰기 등 본문의 맞춤법은 시인의 의도에 따른 것임.

해 저문 강가에서 그대를 기다리다가
까무룩 해지는 눈앞의 것들에
밤새 읽었던 제목도 문장도 잃어버려
강가에서 주워 든 저녁 소리만을 듣는다

하늘이 반으로 잘린 듯 눈앞에 소나기가 내린다
해를 등지고 빗속으로 들어간다
경계 밖에서 땀이 소나기로 흐르고 있다
비와 땀을 번갈아 닦으며
이제부터 여름을 말할 때라고
플라타너스 그늘을 늘이는 것이라고

모스 부호 같은 시를 저녁 바람에 실려 보낸다

2022년 10월
김해경

차례

오후 네 시의 그라나다

1부

네잎클로버

네잎클로버 문양으로 가득한 건물들
베네치아 거리를 걷다가
산마르코 광장에서 이방인은 길을 잃는다
네잎클로버 풀꽃 반지가 햇살에 동그랗게 굴러갈 때
내 아이의 양수가 내리던 날을 떠올린다
미끈한 액체가 생명을 탄생시키던 날을

바다에 미끄러지듯 산통은 시작됐다

기나긴 진통의 수초 사이를 헤엄치며
콘트라베이스 저음의 깊이를 느낀다
하늘 가득 비둘기 떼가 광장으로 내려앉는다
비둘기 무리 속에서 작은 소년이 모이를 주고 있다
소년의 어깨와 손에는 비둘기가 앉아 있다
클로버 열쇠를 물고서
물길과 잇닿은 골목길에서 도시의 오후를 들여다본다
물 위에 퍼지는 "조화의 영감"*
골목마다 네잎클로버가 흩날린다
풀꽃반지는 커다란 청년이 되어 광장을 걸어간다

비둘기 떼를 몰고서

* 비발디(Antonio Lucio Vivaldi)의 합주 협주곡.

오후 네 시의 그라나다

타레가*의 엘피판에 카트리지를 올리고
의자에 깊숙이 앉는다
커피 한 잔과 타레가의 기타 선율을 들으며
그림자가 저녁으로 기울어가는
오후 네 시의 그라나다를 떠올린다

사이프러스 나무 길을 걷다가
바람길 따라 붉은 성으로 향한다
따가운 햇볕은 수백 년 전의 성벽을 기어오르고
안개비 퍼지는 분수, 물의 정원 헤네랄리페의 얼굴과 마
주한다
기타 선율이 물을 타고 흐르고
오렌지 향기가 코끝에 머문다
오렌지나무 아래에서 우리는 무엇을 하고 있었던가

엘피판에 다시 카트리지를 올린다
알함브라 궁전의 추억
트레몰로로 천천히 따라 걷는
오후 네 시의 그라나다

* 〈알함브라 궁전의 추억〉을 작곡한 에스파냐의 기타 연주가 겸 작곡가.

삐걱거린 여행지

부겐베리아 꽃잎 위로 내려앉은 붉은 자정
적도의 밤은 올랭피아* 나부裸婦의 나른한 시선처럼
삼만 오천 피트 고도에서 내려온 설렘도 잠시
야자수 아래 앉아 기다린다

우리의 이름이 없다
피켓의 메시지는 물음표이고
눈동자는 초점을 잃는다
카트에 실린 바위덩어리 같은 가방
길 잃은 집 새가 이국 발리의 하늘에서 맴돈다
라임색 스카프가 날린다
하나둘 떠나는 여행객들
나는 홀로 절벽사원을 걷는다

일정이 바뀐 시간의 오류가
수만 마일을 돌아온 탕아처럼
당혹한 시간을 쓰다듬는다
꽃목걸이 걸고
우붓 숙소로 가는 길

트럼펫의 연주가 새벽하늘로 퍼진다

* 에두아르 마네의 그림 〈올랭피아〉.

외침

햇볕에 물든 빨간 열매
서쪽 하늘에 걸린 눈동자의 불꽃
화산재를 먹고 자란 열매가 불처럼 타오른다

태양의 머리띠를 두른 리고베르타 멘추*
붉은 흙먼지 속에서 마야의 여왕이 맨발로 서 있다

낡은 책 대신
커피콩 자루를 짊어진 장난꾸러기들과
반쯤 벗은 여인과 사내의 충혈된 눈
안티구아 커피나무의 친구들을 품에 안는다

거친 손발은 총구를 향하고
무지의 알을 깨고
밖으로
세상 밖으로 꺼낸다

마야의 상형문자가 꿈틀거린다

* 과테말라 인권운동가.

18

염화미소

모든 기도가 전해진다면, 그건
무릎걸음은 통할까?

좁은 문으로 몸을 구겨 넣는다
아무 말도 하지 않았다
이곳에 함께 있는 것만으로도
얄팍한 속내도 풍기겠지만
양 치는 소년이 그랬던 것처럼
아이는 먼발치에서 나의 향기를 느낄 것이다
파티마 대성당 앞 광장에서
우리는 묻지 않고 답하지 않는 대화를 나누었다

한 학기를 남기고 아이와 떠난 탈출구
인생 숙제를 가방에 담고
길 떠난 마음 한 편을
하얀 십자가에 걸어둔다
머리를 숙인다
그래도 노력했잖아!
머리 쓰다듬는 손길에 눈을 감는다

터널을 빠져나온 바다

긴 닻줄로 바다를 끌어온다
터널 안
어둠 속 은둔자들이 파도를 탄다
서울양양고속도로 육십여 개의 터널에서

무지개 조명이 빛의 세계를 두드릴 때마다
자동차들은 시의 운율처럼 리듬을 탄다
바다를 찾아가는 은어 떼처럼
수평선 너머 고래를 상상하면서

터널이 줄을 놓을 때마다
뒷걸음치는 첩첩의 산
닻줄을 끊은 어둠이 마침내 바다에 풀어지고
모든 것은 제자리를 찾았다

누리호

얼음 행성 해왕성과 천왕성에는
다이아몬드 비가 내린다지

여름밤에 들려온
기막힌 소식

누리호가 우주로 이사 갔다고
별의 별 가족이 된 누리호가 전입신고를 마쳤다고
성대한 집들이에 지구를 초대했다고

우주 한 바퀴 돌고 와 별별 이야기 들려주기를

상실의 시대*

통화 대기음에 이카로스의 한쪽 날개가 걸려 있다
뚜뚜뚜 통화는 계속된다
녹아내린 달고나 빗금이 시대를 질주하던 날
주식 시세판 파란 기둥이 아톤 신전 같은 위력을 가질 때 수의 표식이 얼어붙는다
불타던 기둥은 기회의 땅으로 멀어지고 광대의 눈물처럼 얼룩진 얼굴이 있다
날개는 제로섬 게임에 들인 시간이라고 지난 일간지를 뒤적이는 것이다
붐비는 통로를 벗어나서 로비로 들어선다
초콜릿과 샴페인이 얼음에 채워진다
토슈즈를 신으면 지젤이 될 수 있을 거라는 착각, 백조의 발을 떠올린다
붉은 기둥이 파란 기둥에 자리를 내주며 회오리를 몰고 온다
숨찬 맥박이 구름 속을 나올 때 절벽폭포 하강 어디쯤에서 불사신의 영화가 시작된다
파란 기둥 쓰나미가 화산에 불을 지필 불쏘시개를 만들고 있다

행선지를 정하지 않은 비행기 날개에 앉아 노래를 부르고 공중으로 날려버릴 상실의 시대에 어릿광대 같은 내가 어릿광대를 부른다

11월

시린 저녁이 윗단추를 채운다
체온의 손실을 안으로 잠그는 적응
반항하지도 순응하지도 않는 무색무취의 순응
새로 고침으로 길들여야 하는 것들
짓밟힌 은행 알의 역한 냄새
우회전 건널목에 걸린 차량과 사람의 시선
서로를 경계하는 횡단보도에 뒹구는 나뭇잎
쓸쓸함이 놀랍지 않은 시절
저녁 하늘은 시리도록 일렁이고
바람은 자꾸만 가지를 흔들어대는데
늦어도 11월에는* 무엇을 하겠다는 다짐인가
파랑새가 새장 밖으로 나와 날갯짓할 때
우리는 파랑새 증후군을 알아차려야 한다
산 너머 산의 계곡이 깊다는 것을
늦어도 11월에는

* 한스 에리히 노삭의 소설.

퍼즐에 갇힌 개츠비

시계태엽의 성긴 사랑을 푸는 일
칠면조 깃털을 꽂은 모자들이 모여들고
경적을 울리며 몰려드는 자동차
샴페인 흐르는 분수에
길 잃은 별자리 하나 창가를 서성인다

바다 수면으로 하나둘 떠오르는 퍼즐 조각
정지해 있던 시간이 초록 광선을 타고 바다를 건넌다
빛을 먹고 자란 사랑의 조각들
손에 잡힐 듯, 잡힌 듯
푸른 피를 위장한 분홍 슈트
꼬리를 펼치고 한껏 우월하다
공기 중에 떠도는 코브라의 혀를 음미하며
당나귀 한 마리 귀에 건다
몽환의 눈빛들 스쳐 가고
폭죽이 꺼지고
주술이 빚은 하얀 성
전갈자리에 걸린다

거꾸로 매달린 미켈란젤로

신과 인간의 연결 고리를 잇지 않았지
하늘 문은 열되 들이지는 않았지
심장을 멎게 할 것인가 눈을 멀게 할 것인가
침묵은 침샘을 자극하며 기도로 넘어가고
당신의 손끝이 빚은 꿈틀대는 영혼들이 올리는 미사
천장에 박쥐처럼 거꾸로 매달려 인간 군상의 욕망을 건
드리지만
당신의 외양은 볼 일 없지
작은 체구는 태양처럼 빛나고 경건해
신의 환영이 감싸고 있는 당신
안료로 눈동자를 물들이고 가물가물해진 동공은
무한한 미지의 세계로 몰입할 뿐
연금술사처럼 화려한 붓의 손놀림
낮과 밤의 시작과 끝을 채색하고
나약한 인간의 심장을 뛰게 하였는데, 벌거벗은 몸은
가릴 것이 필요해 두 손으로 눈을 가리고
죄명을 몰라 허둥거릴 뿐
검은 바다는 발아래 천 길
헤쳐 나가지 못하고 위로 오르려 발버둥 치는데,

그것은 장엄한 아비규환

오르려 하지마 앞으로 나아가야 해 지구는 둥그니까

코페르니쿠스가 늦은 점심을 먹으며 기다리고 있지

오르려는 것이 인간의 본능이라고?

오, 가혹한 인간이여

나무들

나라 이름을 가진 나무
속이 빨간 나무 그래서
불붙은 숯과 같은 나무
로도 불리고
붉은 염료로 쓰이는 브라질나무

용수철처럼 튀어 오르는 봄날
뼈에 좋은 나무
골리수骨利樹라 불리며
자신의 피를 약탈당하는 고로쇠나무

속이 비어 숨을 쉰다는 이유로
9년마다 껍질이 벗겨져
와인의 마개가 되는
코르크나무

붉은 옷을 위해
붉은 몸을 위해
붉은 술을 위해

나무들을 찾아 자연을 기웃대는 사람들

진시황의 불로초를 비웃을 이유가 없다

복사꽃 수레마을

사월이면
햇볕은 꽃봉오리를 열고
수레마을*은 꽃보자기를 펼치지
하늘도 땅도 분홍빛으로 물들고
나를 만나러 온 사람들로 북적거리지

나는 꽃단장하고 사람들을 맞이하는 거야
하루 종일 배꼽 인사하느라 허리가 휘고
인증 샷을 찍어주느라 입꼬리가 올라가다 보면
사월의 하루는 눈 깜박할 새 지나가는 거야

사월이면
나는 꽃을 피우고 향기를 담아
꽃차로 피어나기도 해
상상해봐 가슴이 뛰지 않니?
찻잔 안에서 도연명을 노래하기도 하지

사월은 금세 지나고
나는 그보다 쑥쑥 자라서

복숭아가 금덩이처럼 달릴 거야

어머, 꽃수레가 너에게로 굴러가네?

* 춘천시 동내면 사암리에 위치한 복사꽃 마을.

농어의 가시

속초 앞바다에서
농어 매운탕을 먹으며
하필이면 왜 이름이 농어農魚일까
농사짓는 물고기라니
물고기의 이름을 물으며
흰 살점을 씹어 넘기는 순간
딸깍, 목에 걸리는 이물질
가시였다
고속도로를 타고 집으로 달리며
기도를 구하지만
사태는 점점 심각해졌다
마침내 도착한 한림성심병원
응급의가 확대경을 켜고 굵은 가시를 꺼냈다
핀셋에 들린 가시가 눈부시다
은쟁반에 놓인 생선 가시
쟁기처럼 생긴
호미처럼 생긴
농어의 가시였다

2부

편두통

몸이 허술해지니
빈 곳이 많아진다

빈집털이범처럼
딱따구리가 찾아와서
오른쪽 정수리에 집을 짓는다

집이 완성되면 이사 가는 법이 없다는데
자꾸만 뻐꾸기 흉내를 낸다

진통제 두 알로
딱따구리 이사 보낸다

훌라후프 돌리기

빙글빙글 팽이처럼
돌리고 또 돌리고

시간은 새 둥지의 알처럼
식욕은 비단뱀처럼 꿈틀거리지

허기는 바람 빠진 풍선으로 접히고
입맛은 얼큰 달큼 감칠맛을 더하지

햇볕이 쏟아져도
구름이 하늘을 가려도
안개로 한치 앞을 볼 수 없어도

공룡 한 마리 주문하는 거야

방귀를 허하라

선조실록에 약방제조 유근에 관한 기사를 본 적 있는가
"임금의 지척에서 감히 방귀를 뀌었으니 이는 위인이 경솔한 소치이다"
이 기사가 전하는 진실은 방귀는 인력으로 어찌할 도리가 없다는 것

가령 쟁기자세를 할 때나 무릎접어팔로감싸는자세를 할 때는
아랫배로 호흡하면서 참기 어려운 바람을 들이켜야 한다
마침내 몸속 가득 찬 가스가
헬륨가스를 마신 괴상한 소리를 내는 것처럼
바람 빠지는 소리를 낼 때
동요 없이 맑은 얼굴을 하고 있다면
그건 맹랑 뻔뻔해서가 아니라 어찌할 바 모르겠다는 것

아, 인력으로 어찌할 수 없는 방귀를
허하라

길을 걸을 때 아무도 없다면 자유다

CCTV도 잡지 못한다

가끔 사람들 속에서 재빠르게 뛰어가는 것도 괜찮다

인색은 집에 두기로 한다

아파트 엘리베이터 안에서
심심찮게 반상회를 해야 한다

목 인사만 해야 하는지
영혼 없는 인사를 해야 하는지
행동은 그때그때 다르다

안녕하세요라고 인사를 건넨다
돈 안 드는 상냥함으로
오르페우스의 심금을 울려본다

반찬 투정하던 도시락을 집에 두고 온 것처럼
인색은 거실 소파에 앉혀두고 나온다

꼬리 물기

　물병자리 몽상가*의 글꼬리를 물고 전갈자리 허당께서 시의 꼬리로 이어봅니다
　잘 쓰자고 눈을 굴려보지만 생각은 좀체 옴짝달싹 못하고 가슴은 체한 듯 답답합니다

　머리를 써
　밀어붙여
　집중해보라고
　창작의 맛은 쓰다고

　어쩌다 시인은 시에 양념을 넣고 버무립니다
　큰 접시에 시를 내놓습니다

　어때요 모양이 괜찮은가요?

* 정현우 그림에세이 『물병자리 몽상가』.

나를 위한, 나에 대한 변명

엉킨 실타래 뭉치에서 실 한 올 잡아 굴렁쇠를 굴린다
수줍게 볼우물한 소녀가
바람 없는 날의 호수처럼 속을 알 수 없는 소녀가
또르르 굴러 나온다

돌음 길로 가던 무수한 날들이다
하기 싫은 공부는 늘 미납자의 굴욕이 대신하고
하루 두세 번
DJ가 괜찮다는 물을 찾아
명동의 골목을 찾아다닌다
사이키 조명 아래 몸으로 말하는 것들
내면의 트릭trick은 회전목마로 돌고 돈다

오후 여섯 시를 알리는 시보를 듣는다
나무늘보는 느리게 눈을 부빈다
떠나는 버스를 세워 잡았다

노을 한복판 캠퍼스 벤치에서 색색의 풍선을 분다
날기 위한 연습이 길었다며

무지의 허당이었다며

텅 빈 강의실에서 웃음을 날리는 만학도

사십오 세 그때,

나를 위한, 나에 대한 변명을 한다

나를 켜줘*

1
노을이 내려앉은 아스팔트
땅거미가 어둠의 허리를 감는다
글자와 숫자들은 서류함에 두고
나만 데리고 집으로 향한다
안락한 거실과 따스한 침실이 기다리고
주방에서는 흐르는 물소리가 온음표를 그리고 있을 거다

2
정지선에서 접혀진 쪽지 같은 하루를 들여다본다
일과 일 사이에 까칠했던 말들 붉은 신호등에 걸어둔다
전광판 주가 지수의 적색 화살표
작아진 주머니를 만지작거린다
막판으로 치닫는 선거 후보자들
오거리 한복판에서 목소리를 높인다
학교를 파한 아이들은 파란 신호 바다를 물고기처럼 횡
단하고

3
도로는 퇴근 차량들로 주차장이 되고
차창 밖으로 오가는 무수한 얼굴들
하늘 캔버스에 물드는 붉은 노을
또 하루가 진다
라디오 전원을 켠다
"나를 켜줘 나를 켜줘"
조니 미첼이 낮게 말을 건넨다

* 조니 미첼(Joni Mitchell)의 노래 〈You Turn Me On I'm A Radio〉.

스윙

물 주기 삼 년
힘 빼기 삼 년이라고

부드럽게 좌우로 몸을 흔들어
양팔을 뻗고
어깨를 돌리고
허리를 돌리고
다리를 비튼다

멀리 더 멀리 가려고
숨어 있던 용 한 마리가 리듬을 탄다

모두가 선수인 것처럼
모두가 우승자인 것처럼

힘 빼는 데 십 년 걸렸다는

그런 날 그런 일

세면대에서 발을 씻는데 세면대가 떨어졌다면?
그럴 수 있다며 끄덕였다
샤워하다가 샤워부스 유리가 부서져 내렸다면?
그런 일은 일어나는 일 같지 않다고 했다

일어날 수 있는 일과 어떻게 그런 일이 일어나는가는
사실 다르지 않다
오늘이 그런 날 그런 일이다

장바구니를 트렁크에 실었고
트렁크 안에 짐과 함께 놓아버린 열쇠
허걱 휴대폰도 함께
빠져나갈 틈 없는 사면의 벽에 갇혔다
하얀 땀이 흘렀다

양면

공격을 당할 때 날개 달린 코르크로 스매싱하거나
엉성한 어드레스로 땅볼을 칠 수 있다
붉은색이거나 하얀색이거나 상대를 안다는 건
양면을 볼 때 그 차이가 크지 않다면,
그의 인자한 미소 뒤에 야수의 그림자를 본다는 것
동전의 같은 면이 나올 확률에 무모함을 걸 듯
앞면과 뒷면에서 숨을 고르면서
몽상가의 부드러움을 가져본다
변덕스러운 바람 어깨 시비를 대수롭지 않게 받는 여유를
흐린 기억 속의 옛날 불성실한 소녀의 모습쯤이면 어떤가
그때는 맞고 지금은 틀리다는 화면이 흐른다
한결같은 빛이 직선일 때 곡선의 화살표로 우회해본다
가끔 옷을 뒤집어 입었을 때를
뒤집은 상태가 자연스러웠을 때를
양면을 고르는 연습이 필요하다
같거나 다르거나 어깨동무다

모순

언젠가 가정식 백반집에 들었을 때, 머리를 숙이고 들어가는 방 한쪽에는 상 두 개가 놓여 있었고, 옆자리 사내들의 거친 눈빛과 말투, 쉰 땀내를 맡으며 밥을 먹은 적이 있다

어느 날 詩동인과 백반집 이야기를 나누었는데, 내가 뒷말에 거친 사람들이 싫다고 하자 詩동인은 내게 누나는 공주과라고 했다

그날 왜 그 자리가 불편했을까 아참 나는 공주과가 아니라 나는 건설회사 경리부 직원이다

호두까기

블랙커피 차가운 거로 하겠습니다
네? 저기 아이스 아메리카노 말씀하시는 거죠?
아 네 그거…
머뭇거리는 세대
느리게 오는 알파벳들
보리차 취향의 단순한 옛 이름은
가판대에서 밀려났다

울트라세션 노래가 좋더라고
어? 울랄라세션인데요
아, 맞다

내 맘대로인 말이 자꾸만 걱정돼
걱정은, 아무도 신경 안 써!
그렇긴 해!
안 쓰는 게 아니고 없는 게 아닐까

와사비 맛 땅콩이 고추냉이 맛 땅콩이라고?
바코드가 찍은 계산서를 인정해줘야 되지 않을까?
호두까기 인형과 춤을, 어때?

내 안의 더듬이

이팝나무 꽃보라 맞으며
나는 선글라스를 콧등에 걸치고
뒤뚱거리며 주위를 두리번거린다

지그재그 회전판 운동기구에서 벗어나
더듬거리며 사람들을 본다 낯선 장소
모든 사람이 이상해 보인다

비는 내리지 않았다
흐린 날씨 유리 긁는 말투에 발끈한 낯빛
촘촘한 불안의 증후들
카멜레온 같은 말꼬리의 색깔
수국의 파랑 변신처럼
모든 사람이 이상해 보인다

선글라스에 숨은 눈빛을
낮게 나는 새들을 쫓으며
내 안의 더듬이가 촉을 세운다

여름 한 날

에어컨 고장 수리 대기 순서는 말복 일주일 전

매일 오후의 소나기를 점쳐본다

얄팍한 기다림으로 긴 목을 추스른다
햇볕을 파먹고 있는 매미의 떼창

하늘은 구름 한 점 없고
바람은 무겁게 파란을 야기할 뿐
머리끝 더위를 찬물에 던지고
풍성한 나무 그늘 아래
슬그머니 엉덩이를 들이밀어본다

약속된 시간은 멀다

전화선을 타고 온 바쿠스

이름 없는 전화번호가 오선지에 음표를 그린다
낯선 목소리엔 알코올 분자가 떠다닌다
뽀얀 스모그를 잔뜩 머금은 채로
몽글하게 캐러멜 녹인 단어를 뱉어내는데
말의 순간순간이 자기화한다
어느새 또 한 잔을 들이켰는지
묽어진 캐러멜 소스가 흘러내린다
시간을 반주로 삼았는지
반주로 시간을 마셨는지, 술병을 딴다
투명한 액체가 흔들린다
술병의 다리가 풀렸는지, 휘청거린다
신발을 끌고 가죽 옷을 입은 알코올에 말을 건다
뻣뻣하고 질긴 저급품
셰익스피어는 이미 취했고 카잔차키스는 애통해하며
망각을 퍼 담아 안주를 만든다
디올과 버버리와 겐조와 샤넬 향이 퍼지며
저편 무선에서 이편 무선으로 돌돌 말아 귓속을 간지럽
힌다
자신만의 합당한 술수가 한 올 한 올 박음질을 해댄다
소리 죽은 통화는 밤을 새우고 새벽을 연다

명품관

불시착한 밀림
빛도 없는
빼곡한 아름드리나무 사이를 헤쳐 나간다
앞이 보이지 않는 숲속을 걷는다

거대한 목소리에 길을 잃는다
이마 위로 땀이 맺히고
마른침을 삼킨 목이 뜨겁다
이름 모를 새들의 지저귐
무리 진 새 떼가 공중으로 흩어지자
습한 바람 타고 날아든 한 마리 새
영특한 아마존 앵무새가 어깨 위에 앉는다
부리가 사랑스럽다

앞선 물체가 말을 건다
빨간 머리가 산발이다
하얗게 분칠한 이마에 음영이 깃들고
꽉 다문 입술이 쿨럭거린다
앵무새는 조잘대며

화려한 깃털을 흔들어댄다

돌아선다
깃털처럼 가벼워진 몸이 날아간다

3부

핑계 아닌 핑계

날밤을 새웠다는 사람은 잠 못 드는 이유를 수십여 개 늘어놓고는 타로 카드 꺼내듯이 골라잡는다

우리의 몸이 트리갭의 샘물*을 마시고 벤자민 버튼의 시간을 거꾸로 가게 한다면** 우리는 밤의 소리를 들을 수 없을 것이다

눈을 백 번쯤 깜박이고 두 발끝을 서로 부딪치며 대추나무 흔들어 잠재울 수 있다면, 까만 열매가 세상 끝을 물들여 어떤 사람에게는 커피하우스의 사랑을 어떤 사람에게는 백야의 고독을 가져올 것이다

어제 마신 두 잔의 드립 커피가 핑계의 카드인 것이다

* 나탈리 배비트의 소설.
** 데이빗 핀처 감독의 영화 〈벤자민 버튼의 시간은 거꾸로 간다〉.

시월

빛바랜 앨범
정지된 순간이 남긴 것 같은

편의점 파라솔 의자에 둘러앉은 이야기들
낡고 통속한 대화들이 캔 맥주 빈 깡통으로 구겨져 쌓
이며
밤의 길이를 늘이고 있다

여름내 못다 한 이야기
국화 한 다발에 못다 한 마음도 꺼낸다
노란 국화와 하얀 국화 틈 사이
흔들리는 마음을 메꾸어본다

비틀거리는 취객을 일으켜 세우는
무거운 가방의 학생들
이제는 편의점 의자도 접어야 하는 시간
입을 닫고 미련도 닫아야 하는 시간
집으로 돌아가야 한다

사소한 차이

도로변 창가에 앉아 밖으로 시선을 둔다
도깨비로 분장한 아이들이 무리지어 지나가고
양팔에 문신을 한 젊음들이 허리를 드러내며
우리의 대화 속으로 끼어든다

과테말라이거나 케냐이거나 하와이 코냐이거나
의미 없이 아메리카노를 한 모금 마시고
랄프 파인즈의 회상과 맷 데이먼의 서사를 떠올리며
임꺽정 한 질을 오천 원에 사들였다는 이의
뿌듯한 눈빛을 곁눈으로 읽는다
밤새 읽는 이를 꼬드겨 귀로 들어보련다
경춘 서점은 서적으로 간판을 걸고
끈끈하고 오랜, 주인의 쿰쿰한 길을 탐색한다

우리는 하얀 머리를 하고
아이들은 노란 머리를 하고
우리는 커피를 마시고
아이들은 아메리카노를 마시고
무얼 주문하겠냐고 묻는 계산원 아이에게

전화기에 든 기프트 쇼를 보여준다
계산원은 재차 묻고 다시 보여주고
건조한 설명을 듣는다
길들여야 하는 것들에 자연스러워지려면
책 한 권 들고 창가의 방문을 즐겨야 한다고

봄비

빗방울이 떨어진다

출근을 서두르지만 러시아워의 도로는 부산하다 자전거 일행이 자동차들 사이로 바퀴를 들이민다 검정 비닐봉지를 쓰고 자전거를 천천히 모는 할머니 곁을, 차들 사이로 요리조리 달리던 남학생의 자전거가 곡예하듯 스치며 간다

젖은 도로가 물기를 털어내듯 할머니의 자전거가 휘청, 다행히 할머니는 유연했지만 나의 비명으로 자동차 핸들이 부르르 떤다

짧은 치마 겹친 체육복 바지의 페달이
비도 차도 아랑곳없다는 듯 유유히 도로를 벗어난다
빗방울이 빗줄기로 거세지듯 거침없는 아이들의 몸짓,
구르는 페달의 자유에 그때를 떠올린다
뛰기를 포기하고 교복을 입은 채로 비를 맞았던 때
부러 빗속으로 뛰어들던 호우시절을

봄비가 점점 더 굵어지던 어느 날 아침의 일이다

경춘선

그런 날 있다

영사기에 흑백필름을 걸듯 기억을 꺼낸다

레일의 첫소리 길게 찢어지고

덜컹거리는 열차에 몸이 흔들리며

좌석 없는 표를 들고

난간에 매달려 바람을 맞았던 그때

한 자리 기타가 튕겨지고 노래를 불러도

겹겹이 포개 앉아도 바닥에 철퍼덕 앉아도

개의치 않았던 자리들

도시를 벗어난 풍경이 빠르게 지나간다

기타를 둘러멘 이들이 빠져나가고

그 자리에 속속 들어차는 사람들

맞닿은 선로 끝 어디쯤 그림자 되어 기다리고 있을 빈
자리

빌딩의 그늘을 할 일 없이 걷다가

문득 낡은 철길을 건너는 오후

그런 날이 잦아지고 있다

슬플 땐 석양이 보고 싶어져*

동전 몇 잎을 쥐고 간 만화가게
시간은 꼬르륵 배꼽시계를 넘긴다
손에 쥔 땟국물 절은 동전을 내고 만화가게를 나온다
"너는 꼭 불러야 오냐!"
툴툴대는 언니 뒤를 따라간다
미끄덩 습기 찬 고무신이 벗겨진다
세숫대야엔 노을이 들어 있다
손과 얼굴이 빨갛게 물들었다
평상에 차려진 밥상은 단조롭다
날김치 같은 엄마의 성화를 숟가락에 얹으며
둘러앉은 가족들은 노을을 삼킨다
밥상 한 자리가 비어 있다

드물게 저녁상에 나타나는 아버지
딸만 넷이라 그렇다는,
말하기 좋아하는 이웃들의 귀띔은
마당이 좁아질 때쯤 가슴으로 들어왔다
그렇게 석양을 등지고
아버지는 손님처럼 집으로 오셨다
〉

노을이 붉게 물결치던
그해 여름 어느 날
오후 7시와 8시 사이

* 생텍쥐페리의 『어린 왕자』.

벽에 건 크리스마스

벽지에 붙은
일주일이 지난 11월 달력을
여자가 긁어낸다
무심한 날들
지루하게 버틴 날들
벽에 붙어버린 날들
벽이 되어버린 날들
하지만 좀체 떨어지지 않는
지긋지긋한 11월
반백의 주인 여자는
충혈된 눈으로 신경질적으로
벽에 붙은 십일월을 낚아챈다
마침내 못째 뜯어진 11월의 날들
칸칸이 채워진 구차한 변명들
여자는 그제야 만족한 듯
등을 끄고 촛불을 켠다
빨간 크리스마스를 벽에 건다

푸르고 먼 집

the green, green grass of home
하늘과 땅 그 사이 어디 엄마의 푸른 집이 있었던가
이제는 회오리 부는 한지로 내몰린 엄마

귀먹은 악사가 건반 위를 뛰어다니듯
불타는 연주를 했던 그녀
건반을 두드리듯 기침을 쏟아낼 때마다
침대가 흔들거린다
얇은 어깨를 들썩이며 간신히 한마디 건넨다
"보고 싶었어!"

단단했던 기억들이 풀어지고
푸르고 힘찬 맥박도 풀어지고
숨결 낮아지는 해마의 눈
토막 난 기억으로 좁디좁은 집에 갇힌 엄마

이제는 멀어진 엄마의 푸른 집
언제나 나를 마중했던 그 푸르고 먼 집
그곳에서 엄마가 나를 부른다

나는 어떡해?

오 학년 때였다
준비물이 필요하다고 엄마에게 말했다
담쟁이덩굴은 아침 햇살에 반짝이는데
엄마는 햇살에 비켜서며 얼굴에 각을 세웠다
나는 덩굴 잎을 길게 늘였다 놓으며
애꿎은 화풀이로 맞섰다
뿔 솟은 머리로 미루나무 길을 따라 학교를 갔다

비가 개인 길은 크고 작은 물웅덩이가 많았다
까치발로 걷던 길 앞에는 커다란 웅덩이가 있었다
거울처럼 투명한 물에 나의 모습이 빗살무늬로 흔들렸다
내 키보다 넓은 웅덩이를 가까스로 뛰어넘었다
"언니, 나는 어떡해?"
동생의 다급한 목소리를 뒤에 두고 그냥 내달렸다

질퍽한 흙길을 밟으며 다다른 높은 계단의 학교 정문
아래
담쟁이덩굴같이 엉킨 머리칼을 한 엄마가
미루나무 회초리를 들고 나를 기다리고 있었다
〉

나는 죽어라 뛰었다
다행히 교실은 텅 비어 있었다

가을 길

동네 아이들과 메뚜기 잡으러 나섰던 들판
벼이삭 사이를 헤집고 잡은 메뚜기 몇 마리
병에 넣은 검댕이 얼굴
흙에 뒹굴었던 옷 신발
꾸지람 생각에 미리 풀이 죽는다
발로 돌멩이 한 번 차고
메뚜기 들여다보고
저녁 햇살 받은 얼굴 서로 마주 본다
짓궂은 사내아이 장난에 쌩 토라지며
신작로 따라 집으로 가는 길
노을이 내 등을 토닥인다

홍시

백까지 세면 줄게
자아 해봐요
하나 둘 셋 넷… 스물여덟 스물아홉
안 먹어
오십까지만 세자
서른여섯
나는 말머리를 잡는다
순해진 입술로
서른일곱 서른여덟
와아 너무 잘해
마흔넷 마흔다섯
안 먹어
다섯만 더 세면 돼
마흔여섯 마흔일곱 오십
밥을 콧줄로 먹던 엄마에게
홍시 먹게 하기다

배움

바닥으로 떨어지는 햇살에 나를 밀어 넣는다
"새로운 걸 배울 때는 자신에게 더욱 공손해야만 한다"
붉은색 밑줄을 그으며 늦은 밤 책장을 넘긴다
밑줄을 긋고 책장을 넘길 때마다
다리를 외로 꼰 자세는 차츰 바로 앉는 자세를 갖춘다
울퉁불퉁 돌밭을 걷다가 만난 돌 틈 사이 노란 민들레
옆집 화분에서 보았던 곁살이 노란 민들레
씨앗 하나에 온몸을 싣고 어디든 날아가
마침내 꽃의 날개를 펼치는 노란 민들레

봄의 취주

얼음 깨고 나온 복수초
버들강아지 등에 업혀
비발디의 봄을 따라
계곡을 건넌다

햇살 한 움큼 바람 두 움큼
서너 숨 불어넣은 설렘 앞장세워
진달래 물결 속을 걷는다
군병처럼 늘어선 개나리를 따라가면
작고 여린 생명들이 인사를 한다

큰앵초 설앵초
노루귀
너도바람꽃
양지꽃
양지바른 들녘에 모여 앉은 화신들
겨우내 갇혀 있던 이야기를 풀어낸다
당신과 나의 봄날이다

4부

25개월

누가 그랬던가
뭉치면 살고 흩어지면 죽는다고
우린 지난 25개월 동안 입을 닫고 살았다

우리는 수척해진 얼굴로 약속 장소에 모여
밀린 회비를 내고
멀어진 이웃들을 찾아갔다

머릿수건을 쓰고 앞치마를 두르고
잠긴 빗장을 손질하고 페인트를 칠하고
깨진 등을 갈았다

25개월의 시간을 걷어내자
마침내 대낮처럼 환해진 집

장마

몸을 접고 또 반으로 접어
우산 속을 파고들어도
장대비를 피할 수는 없다
피할 수 없다면 즐기리라
빗속에 한 손을 내밀어보고
두 발도 힘차게 뻗어본다
젖은 마음들이 흥겹게 빗속을 걸어간다
머리만을 가린 빨강 노랑 파랑 우산들이
나뭇잎처럼 둥둥 떠서
요리조리 윈드서핑하면서
장맛비 속을 걸어간다
접은 몸들이 젖은 마음들이
우산 속에서 새처럼 지저귄다

깃털을 위하여

나무숲에 둘러싸인 이층 창에서는 밑동이 보이지 않는다
봄부터 우는 새의 이름을 아직도 알지 못한다
전선과 나무를 오가며 까치 떼가 줄타기를 하고
화분 물받이에서 참새가 깃털을 적신다
깃털 몇 개 세우려고
물받이에 물을 가득 채운다

악덕 기업 탈세 조사를 촉구하는 징소리가 반년을 넘었다
이층 창까지 키를 키운 은행나무는
해를 가리고 징소리를 비껴간다

깃털이라고? 모기가 맹렬하게 달려드는데
붉게 부푼 간지러움의 가혹
더는 말리지 않으려 반창고를 붙인다
모기떼는 바닥 어딘가에 몸을 숨기고
모기떼를 찾으려 나는 모깃불을 놓는다

나무숲 안에서는
깃털 세운 새들이 영역 싸움으로 소리를 높인다

불면

강풍에 그림자가 뒤집어졌다
바람은 도망가는 도마뱀처럼 꼬리를 자른다
밤의 얼굴
아파트 숲이 소등을 한다
엘리베이터를 오르내리는 불면
바이크를 타고 달아나는 잠을 붙든다
책장에서 생활과 법률을 꺼내들고
페이지 속 바깥 소음을 지적한다
놀이터 그네 삐걱 소리가 벽을 타고 오른다
경비실을 호출하고 그네의 어린 학생을 보낸다
상식은 냉혹한 겨울 새벽이다
청소 차량이 어둠 속으로 사라지고
안경 너머 흐려지는 글자를 덮는다
화장실 물을 내리고 불을 끈다
베개는 충분히 익숙해져 있다

비긴 어게인

안개 속에 모습을 드러내는 도시의 아침
낡은 신발 한 켤레 담배를 피워 문다
찬바람을 맞으며 달려온 남자
습한 한기가 배어 있다

바람에 담배 연기가 사방으로 흩어진다
허공을 향한 남자의 시선은 초점이 없고
낟가리처럼 산적한 일들
풀리지 않은 사사로운 일들이
겹겹의 포장지에 싸여 있다

길고양이 한 마리가 흘깃 쳐다본다
초록 눈에 경계는 없다
잠에서 덜 깬 도심을 기웃거리는 느린 걸음
블랙아이스 위로 타이어가 긴장하고
고양이의 등이 솟구친다

자물쇠가 자스민향으로 풀리는
꽃집 주인은 팅거벨
꽃들이 깨어난다
남자의 허상이 꽃으로 피어난다

스카이워크의 바람

바람에 습기가 없다

물이 삼키면 어떡하죠?
튜브가 몸을 던질 거예요
물이 제 몸을 누르면 어떡하죠?
물이 먼저 알아차릴 거예요
호탕한 웃음을 나누며
다짐받고 올라온 유리판이 빙빙 돈다
날개 없는 추락,
아득해지는 주변
파란 하늘 구름이 떠 있다
몸이 새털처럼 가벼워진다
수면에 닿는다
물 위를 걷는다

믿음 위를 내딛는 첫걸음은 누구든 어려운 일이다

하지夏至

목덜미의 땀을 훔친다
버튼을 누르자 쉐엑 소리를 내며 도는 날개
늙고 충직한 하인처럼
변덕스런 주인의 어떤 요구도 묵묵히

땡볕, 눈이 부신 뫼르소*가 방아쇠를 당긴다
사방을 둘러싸고 있는 고요,
느닷없는 두려움
심장 박동이 하지의 그늘 앞에 널브러진다

* 카뮈의 소설 『이방인』의 주인공.

투구꽃

누구의 메아리일까
남기고 간 투구

치열한 지상전의 흔적처럼
주인 잃은 모자,
장렬한 전사였을
자생지의 물결은
산 중턱의 요새다

메아리 따라온 꽃 터
투구마다 기도문이 가득하다

밤의 포문이 열리고
밤길 걷는 나그네가 된다

롤러코스터를 타다

레일을 타고 빗물이 흐른다
공중에 매달린 평행선
곡선의 마디마디 허무가 스며든다

무장한 좌석이 서서히 움직인다
차가운 표면 마찰에 힘을 얻는다
내 안의 빗장이 풀리고 분수처럼 솟구치는 혈
머리칼은 비에 젖어들고
이마로 흐르는 빗방울이 속눈썹에 맺혀 반짝인다

롤러코스터 전진기지 탑에 멈추고
목표물을 향한 재규어 뒷발을 치켜든다
전속력으로 질주하며 하강
눈을 감고 혼돈의 사각으로 들어간다
어둠의 소용돌이는 깊고 무겁다
괴성을 지르는 기계음은 빗속에서 울부짖고 비는 소리
를 삼킨다
살갗으로 드러난 파리한 핏줄이 질려 있다
공포가 줄어드는 내리막

카오스의 연착륙
뒤틀어진 몸이 신음한다
노란 하늘은 느리게 뫼비우스의 띠를 만든다

소나기가 그쳤다
여름 볕이 수직으로 꽂힌다

신발가게 김 사장

김 사장네 신발들이 하루를 연다
회사 앞 인도에 차려진 신발가게
인도 한쪽으로 줄 세워진 신발들
먼지떨이로 털어낸 신발들이 가지런하다

한 계절을 보내고
윗 블록 넓은 인도로 이사한 신발가게
다리가 불편한 김 사장이 보따리를 푼다

노신사 한 분 기웃거리며 신발을 찾고
재빠른 김 사장은 몸 구부려 곰살맞게 신발을 신긴다
파란 잎 두 장이 잠바 안주머니에서 나와 셈을 치른다
시장 나온 할머니에게는 털신을 신기고
아주머니의 까탈도 꼭 맞춰 신긴다
언제나 그들보다 김 사장이 고른 신발이 꼭 맞는다

오며 가며 눈여겨보지만
도무지 실랑이가 없는 길거리 신발 백화점
추위도 물러가고 따뜻한 햇살이 퍼지고

무표정한 김 사장의 얼굴에 밝은 기운이 돈다
도로는 사람들의 발길로 붐비고
주인 만난 신발은 유유히 시장 통을 빠져나간다
김 사장의 휘파람은 도요새처럼 높다

깽깽이풀꽃을 만나다

인적 드문 숲 속
깨앵깽 해금 현의 발길이 멈춘다
가만가만 귀를 기울인다
볕은 언 땅을 풀고 잠이 덜 깬 꽃씨를 부른다
빛살무늬 햇살은 꽃술에 입맞춤하고
엷은 보랏빛 풀꽃 고개를 든다

작년 여름 내내 개미의 발품이
만들어낸 풀꽃 군락지
개미의 단짝 친구 깽깽이풀꽃,
풀꽃 씨앗 단물에 취한 개미가
춤이라도 추려나 흔들거린다

봄바람 짓궂은 심술에도 아랑곳없이
바람과 풀꽃 음자리를 만들며
깨앵깽 해금 현에 맞춰 춤을 춘다

뜨겁던 말

주절주절 쏟아냈던 말
누구의 인상이 찌푸려졌을까
붙잡고 있던 문장을 휴지통에 던진 것처럼
던져버린 말을 돌아보지 않기로 한다

양손을 얼굴에 대고 옆으로 밀어보면
얼굴에 드러나는 투명한 생각
얼굴을 양쪽으로 비틀어본다
거울을 본다
비뚤어진 눈 비뚤어진 입술이 말을 걸어온다
너뿐이고 너로 인한 세상이라고

하얀 머릿속을 끌어내야 하는 무엇이란
무료한 휴일 오후를 견뎌야 하는 어느 날처럼
구월 첫날 늦은 장마의 서늘함으로
뜨겁던 말을 가을바람에 걸어둔다
구월의 손님이 왔다

가을 여운

그 시절 옛집 식당 마당엔
이 산 저 산에서 공수한 산나물이 넘친다
여러 종류의 버섯이며 다람쥐 식량 도토리며
이름 모를 약초들과 무말랭이가
할아버지 할머니의 수고로
햇볕에 노릇노릇 뽀득뽀득 말려지고 있다

담벼락 따라 소소하게 심어놓은
콩이며 고추 대파도
겨울 채비에 들어섰다

머리 맞대고 둘러앉은 할머니들
종알종알 수다 꽃은 달리아처럼 피어나고
산밤 벗기는 손길은 바쁘기만 하다
굽은 등으로 햇살은 물결치고
옆모습 입가엔 속 깊은 옛날이야기가 숨어 있다

꽃 이야기

진분홍 치마 두른 새색시 같은 백일홍나무는
벚꽃에 두었던 시선을 잊게 합니다

정오의 차임벨이 울리며
대문 빗장이 풀립니다
보라색으로 물든 물봉숭아
사랑을 물총에 넣어 다니며
피웅 피웅 물줄기를 쏘아댑니다
화단에 재잘재잘 앞다투어 자리한 친구들
뻐꾹나리 나비난초 병아리난초
여름새우란 하늘말나리
어린 꽃잎을 톡톡 터트립니다
어때요 사랑스럽죠?

하루는 동자 꽃잎에 홀려 입술을 댔다가
꿀벌에게 된통 당할 뻔했답니다
영역을 기웃거린 대가는 호들갑이었죠
붉은 칸나의 맹랑함에 괜스레 무안해졌답니다
과묵한 미소의 달리아, 과꽃
꽃과 햇볕이 만난 여름 꽃밭
사랑 이야기 한창입니다

오월의 정원

밤의 마술피리가 잦아들면
달님은 구름을 타고 여행을 시작해요
은하수를 건너 태양의 집을 노크해요
햇살을 포실포실 빚어 아침을 준비하죠

하늘빛 안개가 퍼지면 맨발로 걸어요
발가락 사이로 이슬이 파고들어요
발치에 뾰로통 부은 민들레가
오늘은 바쁘다고 투덜대는군요

라일락 향기에 발걸음을 멈추고
오래전 그때의 기억을 만져요
청청한 숲 사이로 희붐한 이야기가 들리는군요
푸른 겹수국이 변심을 했다는데
아네모네는 속절없는 기다림이라고
각시붓꽃이 귀띔을 하는군요
하나 둘, 차곡차곡 모두를
라일락 꽃마차에 실어요
〉

선홍색 양귀비와

하양 벌깨덩쿨에 마음을 뺏기고 걸어요

쥐똥나무 향기는 또 얼마나 풋풋한지

오월의 친구들

신바람을 뿡뿡 뀌어댑니다

시를 통한 상실의 치유

이영춘 (시인)

1. 상실의 시대, 그리고 11월

김해경 시인의 시를 탐독하면서 문득 '감수성의 문학 (Literature of Sensibility)*'이란 문학비평용어가 떠올랐다. "시인의 감수성이라 하면 그것은 시인의 감흥, 사상, 느낌을 경험에 의하여 그 반응을 보이는 독특한 길을 일컫는다. T.S. 엘리어트가 밀턴과 드라이든의 시에서 감수성의 분리를 논할 때 그것은 시인의 감각적이고 지적이고 감정적인 경험들의 형식 사이에 분열이 일어났음을 뜻하는 말이다."*

---

* 권택영·최동호 편저, 『문학비평용어사전』, 1985

여기서 경험이란 릴케 식으로 말하면 곧 '체험'이다. 김해경 시인은 그 체험을 바탕으로 상처, 반성, 기억, 그리고 재생, 등 자신의 내면 의식을 시 정신의 한 축으로 혹은 반성과 성찰의 한 자세로 작품을 구상해내고 있다. 특히 김해경은 외국 여행지에서 이색적이고 이상적인 문화적 충격에서 받은 정서적 감흥을 작품으로 탄생시켜낸 작품들이 그 우월성을 확보하고 있다.

스페인 포르투갈 파티마 성당에서는 치유와 구원의 상징으로 「염화미소」를 탄생시켰고, 이탈리아 베네치아에서는 행운의 상징이라고 하는 「네잎클로버」를, 이탈리아 교황청에서는 「거꾸로 매달린 미켈란젤로」와 같은 작품이 그의 분신으로 탄생되었다.

김해경 시의 또 하나의 특징은 서늘하게 그늘져 있는 생의 이면을 담담하게 그려내는 점이다. 감정을 철저히 배제한 채 이지적이고 주지적 경향의 시로 진술하고 있는 유형의 시가 그것이다. 그늘진 우리들의 삶의 한 단면, 혹은 김해경 시인에겐 전면이 될 수도 있는 그런 작품이 큰 여운으로 작용한다. 이에 해당하는 대표적 작품으로 「상실의 시대」, 「11월」, 「비긴 어게인」을 꼽을 수 있다.

이렇게 두 갈래의 큰 축을 중심으로 김해경의 시 정신을 따라가 보겠다.

통화 대기음에 이카로스의 한쪽 날개가 걸려 있다

뚜뚜뚜 통화는 계속된다

녹아내린 달고나 빗금이 시대를 질주하던 날

주식 시세판 파란 기둥이 아톤 신전 같은 위력을 가질 때 수의 표식이 얼어붙는다

불타던 기둥은 기회의 땅으로 멀어지고 광대의 눈물처럼 얼룩진 얼굴이 있다

날개는 제로섬 게임에 들인 시간이라고 지난 일간지를 뒤적이는 것이다

붐비는 통로를 벗어나서 로비로 들어선다

초콜릿과 샴페인이 얼음에 채워진다

토슈즈를 신으면 지젤이 될 수 있을 거라는 착각, 백조의 발을 떠올린다

붉은 기둥이 파란 기둥에 자리를 내주며 회오리를 몰고 온다

숨찬 맥박이 구름 속을 나올 때 절벽폭포 하강 어디쯤에서 불사신의 영화가 시작된다

파란 기둥 쓰나미가 화산에 불을 지필 불쏘시개를 만들고 있다

행선지를 정하지 않은 비행기 날개에 앉아 노래를 부르고 공중으로 날려버릴 상실의 시대에 어릿광대 같은 내가 어릿광대를 부른다

　　―「상실의 시대」 전문

김해경 시인은 주로 그 소재나 제재를 외국 여행지나 영화, 혹은 책을 통하여 시의 모티브를 찾고 그 속에서 자신의 자화상같이 감정을 이입시켜 설정한 작품들이 많다. 한마디로 간접 체험을 통하여 자신의 상처와 상실과 기억과 생의 무상함을 그려냄으로써 삶을 치유하고 그 동력으로 창조의 힘을 발휘하는 시인이다.

　주석에 있는 대로 「상실의 시대」는 무라카미 하루키의 소설이다. 원 제목은 '노르웨이의 숲'이다. 1988년 우리나라에 소개된 소설로 현대를 살아가는 젊은이들의 허무와 허망함을 그려낸 모던한 작품으로 청년층의 공감을 불러일으켰다. 두 주인공의 자살로 이 세상에 남은 친구이자 주인공인 와타나베는 원작자 하루키의 사상을 대변하는 인물이다. 주인공 와타나베에게 지금 어디 있느냐는 미도리의 질문에 '나는 지금 어디에 있는가?'라는 자문(自問)은 이 시대를 살아가는 우리들에게 '나는 왜 사느냐?'와 같은 존재에 대한 물음을 던진다.

　김해경 시인도 이와 같은 '존재의 물음'에 동화되어 자신의 그 어떤 '상실' '고뇌'의 아픔을 구현한 작품으로 보인다. 무엇에 대한 '상실'이었는지 딱히 상징적 의미는 감춘 채 추상적으로 암시했을 뿐이다. 그러나 그의 내면 의식의 그 어떤 '상실'을 잘 반영하여 짜낸 한 편의 훌륭한 피륙이다. "행선지를 정하지 않은 비행기 날개에 앉아/노래를 부르고/공중으로 날려버릴 상실의 시대에/어릿광대 같은 내가 어릿광대를 부른다"('/'은 필자 임의)라는 표현이 그것이다. 이렇게 자신을 '어릿광대'로 비유하여 '상실'의 아픔을 치유하고자 했다. 「11월」이란 작품과 「비긴 어게인」 작품도 같은 정서의 작품이다.

시린 저녁이 윗단추를 채운다
체온의 손실을 안으로 잠그는 적응
반항하지도 순응하지도 않는 무색무취의 순응
새로 고침으로 길들여야 하는 것들
짓밟힌 은행 알의 역한 냄새
우회전 건널목에 걸린 차량과 사람의 시선
서로를 경계하는 횡단보도에 뒹구는 나뭇잎
쓸쓸함이 놀랍지 않은 시절
저녁 하늘은 시리도록 일렁이고
바람은 자꾸만 가지를 흔들어대는데
늦어도 11월에는* 무엇을 하겠다는 다짐인가
파랑새가 새장 밖으로 나와 날갯짓할 때
우리는 파랑새 증후군을 알아차려야 한다
산 너머 산의 계곡이 깊다는 것을
늦어도 11월에는
― 「11월」 전문

안개 속에 모습을 드러내는 도시의 아침
낡은 신발 한 켤레 담배를 피워 문다
찬바람을 맞으며 달려온 남자
습한 한기가 배어 있다

바람에 담배 연기가 사방으로 흩어진다
허공을 향한 남자의 시선은 초점이 없고
낟가리처럼 산적한 일들
풀리지 않은 사사로운 일들이
겹겹의 포장지에 싸여 있다

(중략)

자물쇠가 자스민향으로 풀리는
꽃집 주인은 팅거벨
꽃들이 깨어난다
남자의 허상이 꽃으로 피어난다
― 「비긴 어게인」 부분

김해경 시인은 독서량이 풍부하다. 「11월」이란 작품
은 독일의 작가 한스 에리히 노삭(Hans Erich Nossack,

1901~1977)의 『늦어도 11월에는』이라는 소설에서 영감을 받아 쓴 작품이다. 사실 이 작품은 불륜으로 볼 수 있는 로맨스를 다루고 있다. 그러나 많은 독자들은 이 제목에 끌려 책을 찾는 경우가 많다고 한다. 시적인 여운이 감도는 제목이기 때문일 것이다. 우리는 흔히 11월이면 무엇인가 이루어질 것도 같은 예감으로 산다. 또 무엇인가 알 수 없는 허망과 희망이 교차하는 11월 같기도 하다. 아무튼 환상적 제목이다.

그런데 김해경 시인은 이 소설의 내용과는 전혀 상관없이 오로지 주정적인 사유로 자신의 내면에 흐르고 있는 심상을 그려내고 있다. 그 심상의 흐름은 시간이란 개념이다. 시간의 흐름은 곧 인생의 흐름이다. 인간은 이 시간의 흐름 속에 순응하며 살아가야만 하는 동물이다. "반항하지도 순응하지도 않는 무색무취의 순응"이란 표현이 바로 그것이다.

그러면서도 김해경은 자신에게 일깨움을 제시한다. "산 너머 산의 계곡이 깊다는 것을/늦어도 11월에는" 알아차리면서 살아야 한다는 것이다. 자기 성찰의 지향점이다. 그것이 인생이다. 아무튼 김해경은 이 시에서 보이지도 않고 감지할 수도 없는 심오한 인생의 내면 의식과 사유를 시간이라는 개념 속에 순응하면서 살아가야만 한다는 사유로 그 시상의 진폭을 넓히고 있다.

「비긴 어게인」은 극히 암시적이고 객관적인 시선으로

승화시킨 시다. 방황하는 현대인의 쓸쓸한 한 영상을 그려낸 작품으로 인식된다. 안개를 매개로 하여 "안개 속에 모습을 드러내는 도시의 아침/낡은 신발 한 켤레 담배를 피워 문다"는 작중 화자는 방황하는 외로운 한 존재의 형상으로 겹친다. 그리고 시선이 머무는 안개꽃 같은 꽃가게 앞에서 발걸음을 멈춘 듯, 거기서 자화상을 찾듯 "남자의 허상이 꽃으로 피어나"는 그런 "도시의 아침" 속에 지금 우리들은 존재해 있다.

2. 신 앞에서 만난 염화미소

전제한 바와 같이 김해경 시인은 여행지에서 얻은 사유로 빚어낸 작품이 그 우월성을 띤다. 그런 작품들이 김해경 시인의 정서를 가장 잘 드러내고 있기 때문이다. 특히 이탈리아 교황청이나 스페인 파티마 대성당에서 발화된 작품이 그렇다. 이 작품들은 더 말할 나위 없이 한 편의 기도의 자세이자 성찰의 자세이다. 기도는 곧 치유이고 구원이다. 이런 구원의 자세가 바로 김해경 시인을 시인으로 지켜낼 수 있는 중심이다. 또한 생활인으로서 '상실의 시대' '아픔의 시대'를 살아낼 수 있게 하는 힘이다. 스페인 포르투갈 파티마 성당에서 치유와 구원의 발화로 탄생된 작품이 바로 「염화미소」다.

모든 기도가 전해진다면, 그건
무릎걸음은 통할까?

좁은 문으로 몸을 구겨 넣는다
아무 말도 하지 않았다
이곳에 함께 있는 것만으로도
얄팍한 속내도 풍기겠지만
양 치는 소년이 그랬던 것처럼
아이는 먼발치에서 나의 향기를 느낄 것이다
파티마 대성당 앞 광장에서
우리는 묻지 않고 답하지 않는 대화를 나누었다

한 학기를 남기고 아이와 떠난 탈출구
인생 숙제를 가방에 담고
길 떠난 마음 한 편을
하얀 십자가에 걸어둔다
머리를 숙인다
그래도 노력했잖아!
머리를 쓰다듬는 손길에 눈을 감는다
—「염화미소」전문

이 시는 성스런 성당에서 하나님과 대화하듯 아이와 함께 마음과 마음을 나누는 기도이다. 우리가 일상이라는 강을 건너가듯 방학을 이용하여 아이와 함께한 여행에서 얻어낸 마음의 대화이자 마음을 교감하는 '염화미소'다. "파티마 대성당 앞 광장에서/우리는 묻지 않고 답하지 않는 대화를 나누었다"가 그것이다. 또한 "마음 한 편을/하얀 십자가에 걸어"두고 "머리를 숙"이면 되는 '불립문자'다. 이것이 바로 신 앞에서 부모와 자식이 나눌 수 있는 최상의 '이심전심'이자 '염화미소'인 것이다. 더 이상 무슨 대화가 필요하겠는가! 그리고 예수님이 어린 양들에게 손길을 얹듯이 어머니인 화자는 아들의 "머리를 쓰다듬는 손길에 눈을 감는" 그 자체가 거룩한 기도이다. 이렇게 신 앞에서 한 마음이 되고 하나가 되는 것, 이런 마음 자세가 곧 성스런 기도가 아니겠는가!

또한 김해경 시인은 이탈리아 베네치아 여행에서 얻은 또 한편의 시, 「네잎클로버」란 시가 있다. 이 시에서도 삶의 어떤 긍정적인 알레고리를 형성, 승화시키고 있어서 매우 좋은 작품으로 평가된다.

네잎클로버 문양으로 가득한 건물들
베네치아 거리를 걷다가
산마르코 광장에서 이방인은 길을 잃는다

네잎클로버 풀꽃 반지가 햇살에 동그랗게 굴러갈 때
내 아이의 양수가 내리던 날을 떠올린다
미끈한 액체가 생명을 탄생시키던 날을

바다에 미끄러지듯 산통은 시작됐다

기나긴 진통의 수초 사이를 헤엄치며
콘트라베이스 저음의 깊이를 느낀다
하늘 가득 비둘기 떼가 광장으로 내려앉는다
비둘기 무리 속에서 작은 소년이 모이를 주고 있다
소년의 어깨와 손에는 비둘기가 앉아 있다
클로버 열쇠를 물고서
물길과 잇닿은 골목길에서 도시의 오후를 들여다본다
물 위에 퍼지는 "조화의 영감"
골목마다 네잎클로버가 흩날린다
풀꽃반지는 커다란 청년이 되어 광장을 걸어간다
비둘기 떼를 몰고서
— 「네잎클로버」 전문

행운을 상징하는 '네잎클로버'란 단어와 평화를 상징하는 '비둘기'란 시어를 끌어들임으로써 밝은 이미지를 암시하고 제시한다. 이 행운을 의미하는 시상은 순간적이고 직관적인 감각으로 발화되었을 수도 있겠지만 김해경은 물의 도시에서 물로 상징되는 "내 아이의 양수가 내리던 날을 떠올린다". 그것은 자신의 분신(아이)을 탄생시키던 그 순간에 물을 통하였던 절대적 행운에 대한 회상이다. 이 행운을 시인은 '네잎클로버'를 환유함으로써 이 시를 읽는 독자로 하여금 한 순간이나마 행복감에 젖어들게 하는 흡인력을 발휘하고 있다. "물 위에 퍼지는 "조화의 영감/골목마다 네잎클로버가 흩날린다/풀꽃반지는 커다란 청년이 되어 광장을 걸어간다/비둘기 떼를 몰고서" 이렇게 출렁거리는 행복과 행운과 평화가 또 어디 있겠는가! 물 위에서, 물의 도시 베네치아에서 내 아이를 다시 탄생시킨 기쁨과 청년이 된 기쁨으로….

그리고 이 시집의 제목이 된 「오후 네 시의 그라나다」는 〈알함브라 궁전의 추억〉이란 음반을 들으면서 시적 환상과 상상력이 먼 이국의 땅, '알함브라 궁전에 조성한 물의 정원, 그라나다'에까지 도달했던 것 같다. 가히 그 상상력이 장관이다.

타레가의 엘피판에 카트리지를 올리고
의자에 깊숙이 앉는다
커피 한 잔과 타레가의 기타 선율을 들으며

그림자가 저녁으로 기울어가는
오후 네 시의 그라나다를 떠올린다

사이프러스 나무 길을 걷다가
바람길 따라 붉은 성으로 향한다
따가운 햇볕은 수백 년 전의 성벽을 기어오르고
안개비 퍼지는 분수, 물의 정원 헤네랄리페의 얼굴과 마주한다
기타 선율이 물을 타고 흐르고
오렌지 향기가 코끝에 머문다
오렌지나무 아래에서 우리는 무엇을 하고 있었던가

엘피판에 다시 카트리지를 올린다
알함브라 궁전의 추억
트레몰로로 천천히 따라 걷는
오후 네 시의 그라나다
　―「오후 네 시의 그라나다」 전문

　마치 이상의 세계, 미지의 세계인 '물의 정원'을 함께 꿈
꿀 수 있는 매우 낭만적인 시다. 그리고 시상 전개가 먼
나라에까지 미치는 영향력은 시인의 뛰어난 상상력이다.
현실적인 존재가 이상적이고 환상적인 미지의 세계를 동
경하고 꿈꾸는 듯한 이미지로 승화시켜낸 시는 우월성을

확보하기에 충분하다. 아울러 독자는 그런 시인의 상상력에 동화되어 공감한다. 게다가 그 노래, 〈알함브라 궁전의 추억〉을 직접 들으면서 이 시를 음미한다면 그 감흥은 한층 더 배가 될 것이다. 시인의 사유처럼 "커피 한 잔과 타레가의 기타 선율을 들으며/그림자가 저녁으로 기울어가는/오후 네 시의 그라나다를 떠올린다"면 이 고고한 시의 경지에 동화되지 않을 수 없을 것이다.

3. 나를 위한, 나에 대한 변명

시와 시 쓰기는 자기 구원의 한 방편이다. 그러므로 '자의식적인 화자(self-conscious narrator)로 표출될 때가 많다. 현상적이고 현실적인 삶의 테두리 속에서 이상적이고 허구적인 예술 작품을 꾸미고 있다는 것, 그리고 거기에 함의된 여러 가지 감정, 감흥에 대하여 독자를 끌어들이고 있다는 것, 즉 공유할 수 있다는 것, 그것이 곧 시의 매력이고 시 쓰기의 행위이다.

김해경의 시 속에도 여러 측면에서 '자의식적인 화자'가 된 작품이 많다. 「모순」에서부터 「나를 위한, 나에 대한 변명」, 「사소한 차이」 등의 작품이 이에 속한다. 우선 당돌한 듯하면서도 현재를 살고 있는 자아를 잘 표현한 작품이 「모순」이다.

언젠가 가정식 백반집에 들었을 때, 머리를 숙이고 들어가는 방 한쪽에는 상 두 개가 놓여 있었고, 옆자리 사내들의 거친 눈빛과 말투, 쉰 땀내를 맡으며 밥을 먹은 적이 있다

어느 날 詩동인과 백반집 이야기를 나누었는데, 내가 뒷말에 거친 사람들이 싫다고 하자 詩동인은 내게 누나는 공주과라고 했다

그날 왜 그 자리가 불편했을까 아참 나는 공주과가 아니라 나는 건설회사 경리부 직원이다
　　―「모순」 전문

　'모순'은 아리스토텔레스에 의하여 정립된 형식 논리학의 원리로서, 모순이 되는 명제가 동시에 참일 수 없다는 원리로 앞뒤가 안 맞는다는 뜻이다. 이 시에서 시인은 "누나는 공주과"라는 말에 "나는 건설회사 경리부 직원이다"라고 진술한다. '공주'와 '경리부 직원'은 앞뒤가 먼 거리에 있는 모순법(矛盾法)이라는 논리이자 방편이다. 독자를 유혹하기에 좋은 시다.
　아울러 김해경 시인 자신을 잘 드러낸 것으로 「나를 위한, 나에 대한 변명」이란 시가 있다.

엉킨 실타래 뭉치에서 실 한 올 잡아 굴렁쇠를 굴린다
수줍게 볼우물 한 소녀가
바람 없는 날의 호수처럼 속을 알 수 없는 소녀가
또르르 굴러 나온다

돌음 길로 가던 무수한 날들이다
하기 싫은 공부는 늘 미납자의 굴욕이 대신하고
하루 두세 번
DJ가 괜찮다는 물을 찾아
명동의 골목을 찾아다닌다
사이키 조명 아래 몸으로 말하는 것들
내면의 트릭trick은 회전목마로 돌고 돈다

오후 여섯 시를 알리는 시보를 듣는다
나무늘보는 느리게 눈을 부빈다
떠나는 버스를 세워 잡았다

노을 한복판 캠퍼스 벤치에서 색색의 풍선을 분다
날기 위한 연습이 길었다며
무지의 허당이었다며
텅 빈 강의실에서 웃음을 날리는 만학도

사십오 세 그때,

나를 위한, 나에 대한 변명을 한다

― 「나를 위한, 나에 대한 변명」 전문

자성의 고백서다. "호수처럼 속을 알 수 없는 소녀가/ 또르르 굴러 나온다"고 자신의 사춘기의 한 시절을 불러낸다. "하기 싫은 공부는 늘 미납자의 굴욕"이었고 "물을 찾아/명동의 골목을 찾아다닌/내면의 트릭trick은 회전목마를 돌고 돈다"('돌았다'는 필자 임의)고 고백한다. 이 고백 속에는 '후회'란 의미가 함의되어 있다. 한때 젊은 날의 '방황'일 수도 있다. 아니 어떤 내면적 아픔에 대한 치유의 방편이었을 수도 있다. 그리고 깨닫는다. "날기 위한 연습이 길었다며/무지의 허당이었다며/텅 빈 강의실에서 웃음을 날리는 만학도"로 자신을 자책하며 "나를 위한, 나에 대한 변명"을 한다고 진술한다. 진솔한 진술이 공감을 불러일으키기에 충분하다.

4. 원초적 성정, 가족

끝으로 우리의 중심에는 항상 원초적으로 자리하고 있는 성정이 있다. 가족, 혈육에 대한 연(緣)이 그것이다. 인

108

간은 누구나 탯줄이 묻힌 고향을 그리워하며 산다. 거기에는 어머니가 있고 아버지가 있고 형제들이 있고 어린 날의 추억이 살아 숨 쉰다. 김혜경의 작품 중 「가을 길」, 「나는 어떡해?」 등은 어린 날의 심상을 잘 그려낸 작품이다. 그리고 그 마음의 고향에는 "언제나 나를 마중했던 그 푸르고 먼 집/그곳에서 엄마가 나를 부르는" 엄마의 사랑과 그리움이 곡진하게 배어 있다. 또한 생텍쥐페리의 『어린 왕자』에서 제목으로 인용한 「슬플 땐 석양이 보고 싶어져」란 작품에서는 아버지를 환유한다. "늘 한 자리 비어 있는 밥상머리/드물게 저녁상에 나타나는 아버지"라는 진술로 화자의 어린 시절의 정서가 아프게 읽힌다. "날김치 같은 엄마의 성화를 숟가락에 얹으며" 자란 화자의 그 트라우마가 노을처럼 슬픈 노래로 승화되어 큰 공감대를 형성한다. 감동을 주는 시는 그 생명력이 길다. "이제부터, 플라타너스 그늘을 늘이는 것"(「(시인의 말)」)이라는 시인의 고백처럼 좋은 시와 시인으로 늘 푸른 그늘을 늘이는 일로 거듭날 것을 기대하는 바 크다. 🔳

달아실기획시집 22

오후 네 시의 그라나다

1판 1쇄 발행	2022년 10월 30일
지은이	김해경
발행인	윤미소
발행처	(주)달아실출판사
책임편집	박제영
디자인	전형근
법률자문	김용진
주소	강원도 춘천시 춘천로 257, 2층
전화	033-241-7661
팩스	033-241-7662
이메일	dalasilmoongo@naver.com
출판등록	2016년 12월 30일 제494호

ⓒ 김해경, 2022
ISBN: 979-11-91668-55-1 03810